ALFRED CARQUILLAT.

HYMNE
AU PÉTROLE

DÉDIÉ AUX

RÉPUBLICAINS PRÉSENTS ET A VENIR

Espoir, espoir, aux amis du pétrole !
On ne saurait périr,
Quand on peut s'en servir !...

PARIS

CHARLES DOUNIOL ET Cⁱᵉ, LIBRAIRES-ÉDITEURS

29, RUE DE TOURNON, 29

—

1873

HYMNE AU PÉTROLE

PARIS. — IMP. VICTOR GOUPY, RUE GARANCIÈRE, 5.

ALFRED CARQUILLAT.

HYMNE
AU PÉTROLE

DÉDIÉ AUX

REPUBLICAINS PRÉSENTS ET A VENIR

Espoir, espoir, aux amis du pétrole !
On ne saurait périr,
Quand on peut s'en servir !...

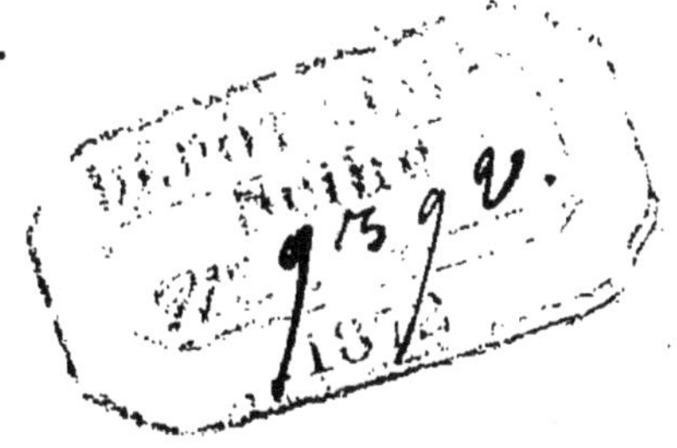

PARIS

CHARLES DOUNIOL ET Cie, LIBRAIRES-ÉDITEURS

29, RUE DE TOURNON, 29

1873

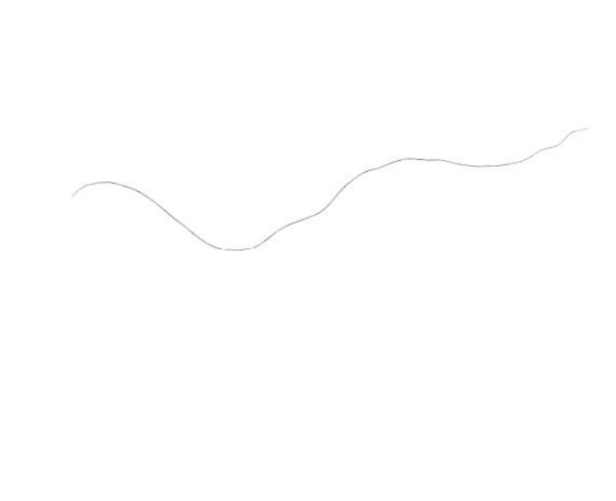

PRÉFACE

L'humble auteur de ce petit volume n'est pas poëte, et les quelques vers que voici n'étaient point destinés au public — deux excellentes raisons pour expliquer leur médiocrité.....

En les publiant, je ne cherche ni un nom que je n'aurai probablement jamais, ni une fortune dont je n'ai pas besoin : je fais plaisir à d'excellents et affectueux amis — rien de plus.

D'ailleurs, le mal est aujourd'hui si grand, si audacieux, qu'il faut le combattre par tous les moyens : aussi bien avec les petits livres qu'avec les gros; dussions-nous, pour atteindre au but, emprunter les armes de nos adversaires, et fallut-il même te chanter, ô pétrole maudit!....

Et maintenant, ô Mécène, je te salue, et je t'invoque! souris à ma jeune muse; et puisque je suis en voie de devenir poëte, — c'est la mode! — prends pitié d'un pauvre et obscur débutant, qui fait de la littérature — en attendant que l'État en fasse... un conscrit!

Paris, novembre 1872.

ALFRED CARQUILLAT.

A QUI LIRA.

Entends ce qui s'écrit, se répète et s'imprime,
Et sois épouvanté de leur grand air moqueur !
Ils ont laissé l'outil, pour mieux penser au crime :
En voulant nier leur âme, ils ont vendu leur cœur !

Eux tous, encor marqués du sang de la victime,
Jettent partout l'effroi, l'épouvante et la peur :
A peine un peu de temps, pétrole fera prime.....
O communards envieux, c'est par trop de bonheur !

Ces bandits ont raison de parler de la sorte ;
On prépare la voie, on leur ouvre la porte ;
— Ils détruiront du Christ le temple et les autels !

Pleurons la sainte foi, qui fit la France forte !
Adieu la vieille paix, que la tourmente emporte :
— Il leur faut des plaisirs, pleins du sang des mortels !

HYMNE AU PÉTROLE

I. — ÉCHOS DU FAUBOURG.

Divin pétrole, oh non ! ton rôle est pas fini !
Pour un début, c'est bien ; mais tu n'as pas tout dit !...
Laisse là tes lauriers, essence trop fameuse :
Un monde d'aristos, à la mine rageuse,
Que l'on sait irrités, écarquillant les yeux,
Pleure ses monuments et ses cloîtres pieux....
Bref, à peine échappé de ta serre infernale,
Il te montre déjà ses palais qu'il redalle ;
Ses desseins sont connus, ainsi que ses complots ;
Mais jurons de venger victimes et héros !

Faut défendre un bon coup les gens de la Commune,
Ou sinon consentir à leur donner la lune!

Que ce jour fait par eux, soit par nous tous béni!
L'avenir est à toi, mon pétrole chéri!
Faut-il verser le sang, on saura le répandre!
Justice! c'est ton jour : sois bien longue et bien grande!
De tous ces gros bourgeois (bénissons le Progrès!)
Le sang et puis la peau nous serviront d'engrais!
Ils ont beau s'extasier de la note finale,
J'entrevois déjà, moi, cette immense rafale,
Qui nous en purgera... Vivent les libertés!
Ah! voilà bien l'effroi de ces gens hébétés,
Bons à toujours sucer le pauvre sang du peuple,
En Afrique, en Asie, et surtout en Europe!

Pétrole! ô mon espoir et mes consolations!
Il te faut délivrer et sauver les nations,
Qui sont encore la proie adulée de ces brutes,
Vrais démons des enfers, défendant d'autres luttes
Que celle où le sang coule, aux yeux mêmes des rois,
Où l'on tue les humains, comme on abat les noix!....
O mon cœur! je te sens bondir, sauter d'ivresse,
En songeant qu'un beau jour nous les tiendrons en liesse!

Monuments et mortels, et cités et nations;
Complices des tyrans, témoins de leurs passions,
Oui, vous périrez tous, au jour de la vengeance,
Vos gloires et votre or, et toute votre engeance!

O pétrole divin! oui tu seras vengé!
Un agent infernal, qui saura tout manger,
Et qu'en ces derniers jours a découvert la science,
Certes, châtira bien les humains sans conscience.
Ce sera merveilleux, et j'en comprends le prix :
J'ai toute ma raison, car je ne suis plus gris!
Mes amis, quel agent puissant, irrésistible!
O merveilleux progrès! vraiment, c'est indicible,
Comme il mettra bon frein (par qui serons-nous crus?
Aux vrais festins d'enfer de ces grands malotrus!
Hâtez la noce, amis; bourgeois, pressez la fête :
C'est l'unique moyen de sauver votre tête!

De cet agent, l'idée épouvante les rois....
En un clin d'œil, c'est dit, il brûlera vos bois;
Il prendra vos enfants, vos maisons et vos villes,
Et sur la paille mis, vous serez sans asiles!
En vous disant cela, je vous mets sur les dents?
Nous construirons un arc, avec vos ossements;

Vos maisons rôtiront, — vous verrez ça dimanche ;
Nous goberons votre or, apprenez qu'on en mange !
Vous demandez son nom ? Eh bien, soit ! FEU GRÉGEOIS !!!
Mais sachez que vraiment, bons lecteurs du *Gaulois,*
Si vous aimez la vie, et la terre et les mondes,
C'est l'heure de sauver votre cou sous les ondes !

Hâtez-vous, bons amis ; entendez-vous le vent ?
Vous bûtes nos sueurs, il nous faut votre sang !...
Un glaive d'une main, de l'autre, l'Évangile,
Le prêtre et le seigneur nous plumaient, c'est habile !
Leur règne est terminé, mais le nôtre enfin luit !
Nous n'imiterons point les bandits d'aujourd'hui,
Ces superbes vauriens, grands amants de la fange,
Que l'on trouve à Paris et sur les bords du Gange !
Guerre à ces margoulins !... Eux et leur capital,
Poursuivons-les partout, à leur messe, à leur bal ;
Rendons-leur œil pour œil, misère pour misère :
Messieurs, chacun son tour à goûter la galère !....

On vous nomme bourgeois, ennemis de tout bien.
Grâce à vous, nous voilà devenus moins que rien !
Éplorés à leur tour, ils demanderont grâce ;
Mais il sera trop tard, noble Justice, oh ! passe !

Nos sœurs, nos sœurs ! Ils vivaient de cela !
Nous fûmes, c'est horrible ! esclaves de gala !...
Consentirons-nous donc à servir de pâture,
En transgressant ainsi les lois de la nature ?
Les jésuites sont morts, et les rois sont partis :
C'est ainsi qu'on balaye et qu'on tue les partis !
Nous ne pouvons encore entonner la louange :
Auparavant, seigneurs, permettez qu'on vous mange !

Ils viendront, les maudits, nous demander pardon ;
Pardon de leurs forfaits, et de notre abandon !
Mais trop heureux, alors, d'être enfin dans la voie
Qui venge les vaincus, et qui mène à la joie,
Nous les laisserons bien maudire leurs tourments,
S'arracher les cheveux et se briser les dents !
Quel délicieux plaisir, quel bonheur plein de charmes,
De voir couler le sang, et répandre les larmes !
Nous serons délivrés, vraiment libres chez nous,
Quand ils seront enfin, éplorés, à genoux !
Rien ne nous retiendra, — ni les vierges tremblantes,
Ni leurs villes en feu, ni les têtes sanglantes !.....

L'or ne sent pas mauvais, du moment qu'il est bon.
Nous en serions privés ? Mais pour qui nous prend-on ?...

Vous perdez votre temps, à faire la grimace,
A ce simple récit, qui n'est point une farce.
Bref, où serait le mal, de prendre vos joyaux,
Et de flamber un peu tous vos blasons royaux?
Rirez-vous sottement de ces noces bénies,
Où le peuple s'amuse, entre deux incendies,
La Commune fêtant, brûlant Paris gagné,
Dans un monde détruit, dans un pays damné?....
Quand nous balancerons nos haines et nos comptes,
Vous la danserez bien, grands bougres et vieux comtes !

Enfin, je serai Roi!!! Le riche est mon vassal!
Je suis libre, à mon tour! Il me faut un régal
Comme en faisait, jadis, la gent académique,
Qui goûtait le vieux rhum, autant qu'un cholérique!...
Du rhum pour un festin? C'est du sang qu'il nous faut !
Du sang avec de l'or, et puis, ce sera beau!....
Repos, il est grand temps que le peuple te goûte,
Car, à gagner ses droits, nom de nom qu'il en coûte!
Leur Dieu peut rappeler à lui son vieux soleil....
Le soleil? Depuis quand est-il donc sans pareil?
Il éclaire, et c'est tout! Vraiment, notre pétrole,
Il éclaire et, Messieurs, il emporte « la gueule! »

Il venge et fait tomber le grand astre bien bas,
Et de vous le redire, à la fin, j'en suis las !
Pour eux, quel dur affront, quelle infernale danse !
O pétrole sauveur, bon succès, bonne chance !
Oui ! s'ils nous ont vaincus, tu sauras nous venger !... —
A tous ces gros bourgeois, donnons enfin congé....
Mes amis, quelle noce, aussi quelles ripailles,
Le jour où nous boirons le jus de leurs entrailles,
Du Couchant au Levant, de Paris à Pékin,
Tous les jours de la vie et du soir au matin,
Jamais, oh ! non jamais ! nous n'aurons plus de maître,
Car ceux qui survivront, nous les enverrons paître !...

Des tyrans délivrés, nous serons donc heureux !
C'est la vérité pure, et bien mieux que des vœux !...
Nous boirons là leur sang, et des filles riantes,
Dociles à nos voix, — délices luxuriantes !
Souples dans leur beauté, pleines de dons nouveaux,
Souriront aux garçons, fêteront les plus beaux !
Amantes de l'orgie, au pétrole habituées,
Charmes de notre fête, elles seront choyées !
Notre air embaumera pétrole, sang, amour,
Nos fêtes n'étant point de celles du vautour !
Ces filles seront là pour y faire la folle,
Nocer, rire et chanter, sans pudeur, Dieu sait comme !

Des femmes et du linge, une cave et de l'or :
J'aurai ces choses-là, puis bien d'autres encor !
Bon nombre de crétins, — créatures atroces !
(Il en existe encor, mais ce sont bien des rosses !)
Trouveront, n'est-ce pas ? qu'un pareil festival
Sent trop le sang, le feu, la débauche et le mal ?
Citoyens, mes amis, on prendrait pour un rêve
La stupeur de ces gens : nous autres, vieux fils d'Ève,
Avons droit, plus qu'eux tous, à goûter le bonheur ;
On le trouve en leur sang, il ranime le cœur !...
C'est trop naïf, Messieurs, de nous prendre nos armes :
Nous avons notre plan : — nous vous laissons vos larmes !

Si nous avons connu la douleur et la faim ;
Si nous avons maudit notre pays en vain,
Du moins, le jour se lève, et l'aurore en est belle :
C'est le succès qui vient nous prendre sous son aile,
Et nous venger enfin de la grande douleur,
Qui nous coûta, tu sais, notre sang et le leur.....
L'or du bourgeois qui saute, avec trop d'ironie
Me fait rêver parfois à sa proche agonie....
Oui, je les vois tomber, reculer et périr ;
Ma foi ! je le répète : Ils n'ont plus qu'à mourir !
Ce vœu-là, mes amis, et puis cette menace,
Vous dit en peu de mots, notre aplomb, notre audace !

« Vengeance ! » c'est le cri que j'entends murmurer
Par tous ceux qui sont las de l'avoir enduré.
Il enivre nos cœurs, et retrempant notre âme,
Il grandit le courage, ou l'inspire, ou l'enflamme !
Nous saurons vous payer de votre trahison :
Alors, vous aurez tort, et nous aurons raison !
Chacun son tour, c'est juste, et chacun son supplice :
Notre croix, nous l'avons !.... A vous, le sacrifice !
Sacrifice sanglant, dont le temps s'est chargé,
Qui changera la terre, et peut la soulager !
Oui ! déjà nous creusons des fosses et des tombes ;
Nous fondons des canons, des obus et des bombes !

II.

Causons du feu grégeois. A lui seul le pompon!...
La Commune?... Eh bien, soit! c'était un avorton ;
C'était le premier coup, sinon l'apprentissage,
Du peuple de Paris, qui fut vraiment trop sage,
Et les eût tous vaincus, pour jamais, si ses chefs
N'avaient pas tant aimé pérorer dans les nefs!...
Mais la chimie aidant (je parle sans bêtise!),
On règlera son dù : Frères! qu'on se le dise!
S'il faut tuer la patrie, abîmer ses vallons,
Pour lui rendre la vie, ah! nous y consentons!
République adorée, oui! tu me mets en liesse!
Oh! puisses-tu connaître une longue vieillesse!...

Car si tu périssais, nos projets, eux aussi,
Périraient tout de bon, et feraient comme Assi....
République! oh! c'est toi, qui forges la Commune :
Tu nous la mets au monde, et lui dis : Fais fortune!
— Adieu, chers aristos, qui fûtes oppresseurs;
Nous ferons mieux que vous : nous sommes des noceurs!
Vous, immondes plaisirs, et vous, fêtes impures,
Qui fûtes leur bonheur, vous serez leurs tortures!...
C'est le dernier des coups, le dernier des efforts;
Retenez bien ceci, gros bourgeois, vieux landlords ;
Nous serons plus heureux, vrai, qu'en quatre-vingt-treize;
L'échafaud, la Terreur, — c'était bien de la braise !

Nous sommes vos outils, mais cela va cesser :
Le moment est venu, c'est à vous à danser!
Fussiez-vous orphelins, ou fils aîné de veuve,
Il nous faut votre sang, — vous en aurez la preuve!
Ce mélange de pleurs, de sanglots et de cris;
Ces angoisses sans nom, qui succèdent aux ris,
Et remplissent, c'est vrai, notre pauvre atmosphère,
Non, rien ne saurait plus reculer cette guerre!
Nos aînés en sont morts, mais nous les vengerons,
Le jour où l'on pourra brûler tous vos pontons!...
Bourgeois! réveillez-vous, votre torpeur m'étonne;
Seriez-vous sourds encore à la foudre qui tonne?...

Liberté !... Dès ce mot, ces crevés ont leurs nerfs ;
Cela les émotionne, et les met à l'envers....
Nous les corrigerons, frères ! prenez patience !
Encore un peu de temps, et bientôt notre science,
Ainsi que le progrès, donnera les moyens
D'occire à la vapeur cent mille citoyens,
Que nous saurons choisir (tremblez, nobles et riches !)
Et que de torturer, l'on sera bien peu chiches ;
Car il faudra qu'un jour, nous vengeant de cent ans,
Nous délivre à jamais des bourgeois et des Chouans !
Nous brûlerons Paris, — vive la République !
Là, nous ferons ensemble un festin diabolique !...

Certes, les déportés triompheront un jour ;
Même à leurs fiers vainqueurs, ils diront le bonjour !
Étant libres enfin, ne sachant plus maudire,
Martyrs et déportés, vous pourrez alors rire !...
— Tu n'as plus de pouvoir, car ils font tout sans toi ;
Bientôt, tu leur diras : « Place ! l'État, c'est moi !.... »
Puis alors, nous rirons de la sotte infortune
De ces vils assassins de la pauvre Commune !....
Peuple ! éclate en transports, douce jubilation !
Car, pour te délivrer, suffit d'une occasion !
Avant d'être pendus, bons tyrans, gais Tibères,
Ma foi ! régalez-vous, déportez bien nos frères !

Qu'ont fait les communards, qui fût contre la loi ?
Nul ne le saurait dire, et trouver, mieux que moi :
Ils ont brûlé Paris, — mais leur but était noble,
On le sait bien en France, et jusqu'au bout du globe !
S'ils versèrent le sang de quelques aristos,
Et celui de plusieurs, qui faisaient les dévots ;
S'ils ont brûlé, flambé, cet amas de merveilles,
Noble orgueil d'une ville aux autres sans pareilles,
Peuple ! c'est qu'on rêvait, pour toi, félicité :
Tu devais être roi... Certes, tu l'as été !!!.....
Déjà, tu ne l'es plus ; c'est vrai, mais bon courage !
Aujourd'hui, c'est la trêve — et demain le carnage !

Les bourgeois sont vivants ! frères ! brûlons-les tous,
Et qu'ils « crèvent » enfin, ainsi qu'un tas de boucs !
Mon Dieu, la belle noce, et le beau tas d'ordure,
Alors qu'on pourra tous les mettre à la torture !
Communeux, récoltez le prix de vos labeurs !
Pillez, flambez : amis, ce sont là nos primeurs !....
C'est à vous que je parle, écoutez-bien, esclaves !
Hé ! n'entendez-vous pas l'écho de leurs conclaves ?
Du fond de la fabrique, et puis du magasin ;
Dans la rue et l'impasse, ici, sur mon chemin,
J'entends le même cri, — désespoir de ces hommes :
C'est le jour de montrer à ces gens, qui nous sommes !

Beau jour de notre hymen, avec la liberté,
Quand nous rêvons de toi, ce n'est pas sans fierté !
Points noirs de l'avenir, tout ça les émotionne,
Car ils ont si grand'peur qu'on ne les déboulonne !
Reprenez vos esprits, charmantes gens de bal ;
Du reste, c'est trop sot, de tomber du haut-mal....
— Un mot encor, un seul, pour causer de nos fêtes ?
(Je vois d'ici la mine et le nez, que vous faites....)
Bref, cent mille aristos, occis par nos bons soins,
Nest-ce pas un bon mets, fort présentable, au moins ?
Cent mille ?... Oh! c'est le compte, et le compte tout juste,
Car il en faut, du sang, pour « saoûler » plèbe et rustre !

Je serai de la fête, et cela me ravit !
Une noce de sang, voilà bien du choisi !
Ne perdons pas de temps, — formons des *citoyennes*,
Capables d'élever maris et fils en haines
De tous les préjugés, ici-bas répandus :
Faisons des citoyens, mais jamais des vendus !...
Qu'on dresse mon enfant, et qu'on en fasse un homme,
Semblable à ceux de Sparte, et pas à ceux de Rome !
Ah! qu'il manie au moins et pétrole et fusil,
La torche et le mensonge, aussi bien que l'outil !
Bref, le fils communard, la mère pétroleuse,
Voilà le seul moyen de voir la France heureuse !....

Ardent désir de sang, dont je suis obscédé,
Quel bonheur de pouvoir, tantôt, me rassasier !
De notre désespoir, vous fûtes seuls les causes :
Empêche la vengeance, ô bourgeois, si tu l'oses !
Dis-moi, ne vois-tu pas, ici, sous tes lambris,
Que de ce grand combat ton sang sera le prix ?
Nous te prendrons ta fille — ainsi que tes finances ;
Dis, tu nous permettras ces petites licences?...
Nous t'enverrons au diable, avec ta royauté ;
Tu porteras ailleurs ton culte et sa beauté ;
Puis, nous ferons comme eux, les seigneurs et les braves,
Où vous avez nagé dans la joie et les baves !

A bas tous ces nigauds de frères et de sœurs,
Fanatisant les gens, débilitant les cœurs !
Citoyens, aidez-nous à chasser ces bons frères !
Ils élèvent nos fils, et n'en sont pas les pères !
Oh ! laïques, venez ! Mort à tous ces bandits !
A nous la maison neuve, à lui le vieux taudis!...
A quoi bon ces gens-là, qui n'ont que des médailles
A donner aux enfants, au lieu de nos ripailles ?
Place à des citoyens dévoués au communard,
Familiers du drapeau, qui vaincra, tôt ou tard !
Leur bon Dieu démodé ne fait plus notre affaire :
Qu'il reste dans son Ciel, — où nous le ferons taire !

Ces gueux, ces assassins, ont tué Ferré, Rossel,
Et cela, pour donner du piquant et du sel
A leur basse vengeance — ignobles infamies !
Mais, pourtant, c'étaient bien deux braves, deux génies !
Ils ont souffert pour nous, nous saurons les venger,
Dussions-nous y périr, et nous laisser manger !
Leurs amis l'ont juré : faisons-en la promesse ;
Et puis, que maintenant, en leur paix on les laisse,
Leur mémoire et leur nom, leur œuvre et leur tombeau ;
Mais qu'il soit notre étoile, et puis notre flambeau !
Que le peuple, souvent, à leur nom s'agenouille,
Jusqu'au jour de venger leur très-sainte dépouille !....

Le signal est donné ; mes amis, c'en est fait !
Déjà, par le passé, nous jugeons de l'effet....
Non, non ! plus de châteaux, — des taudis, des chaumières !
Assez d'obscurité, vivent les cent lumières !...
Faut brûler leurs maisons, et pendre les bourgeois :
Ils y passeront tous, vive le feu grégeois !!!
Tuons les vieilles gens, ainsi que le vieux monde ;
Faisons avec courage, et sans peur, et sans honte !
A ce grand rendez-vous, aucun ne manquera ?
Venez tous au festin : nul dévot n'y sera !.......

AU LECTEUR

Mot à mot, j'ai redit leurs vœux et leur langage,
Leur soif et leurs projets... Mon pauvre bavardage,
Prends des ailes, un corps. Dis la brutalité,
L'ardeur, l'aplomb, l'envie et l'incrédulité
De ces rudes butors, menaçants et terribles,
Bien autant, sinon plus, que mille crocodiles...
Ils font un piédestal de leurs sanglants forfaits,
Et répètent tout haut que nous serons défaits!
Leur chute les affole; aussi, dans leur colère,
Ils rêvent notre mort : les laisserons-nous faire?...
Ah! que chacun y songe, en fasse son profit!
Lecteur! salut, adieu; puis maintenant, merci!

CONFIDENCES

Ah ! si je suis l'écho des accents de leurs voix,
  C'est l'intérêt des lois,
Du repos, de la paix, du bonheur et de l'ordre ;
  La haine du désordre,
Qui m'a dicté ces vers. Sans doute, ils sont mauvais ;
  C'est fort dommage ; mais
J'avais une mission, et puis une espérance :
  T'avertir, pauvre France !
Ils font des vœux d'enfer : mon pays, souviens-toi
  Que te voilà sans roi !

Que devenir, grand Dieu ! sans un roi, sans un guide ?
  Fatalité perfide !

2.

On les a renversés, il n'en reste plus rien :
    Oh ! tremblez, gens de bien !...
Tremblez pour la patrie, et l'avenir du monde,
    Car déjà, l'égout gronde !...
Serais-tu condamnée, ô ma France, à mourir,
    Et pour toi, l'avenir
Serait-il le tombeau? Le naufrage est immense,
    Pourtant, l'on rit, l'on danse !

A cette heure, partout, ce sont noces d'enfer,
    Qui remplissent notre air...
Certainement, Messieurs, parfait est notre monde :
    On y jure, on y jongle
Bien autant, pour le moins, qu'en un reclus de fous :
    En faut pour tous les goûts !
Cela, c'est le progrès ! Mères ! soyez maudites !
    Gémissez, et puis dites,
Pourquoi donc avez-vous des fils ainsi bâtis,
    Qui sont sots et hardis?

Au guet, rentiers, au guet ! Ne quittez-pas vos caisses
    Prenez pas tant vos aises,
Car la gent communarde aime les beaux écus !
    Ces gens-là sont têtus,

Ils rêvent bon butin, vol et surtout pillage,
    A la ville, au village...
Pour ces messieurs (pardon ! leur nom est *citoyens*,)
    Qu'importent les moyens ?
On les entend beugler : Vive la République !
    — Triste et sale boutique !

Nous voyons les bourgeois, aussi les bons ruraux,
    Cloués dans leurs bureaux,
Comptant et recomptant si l'or baisse ou fait prime :
    Voilà leur Dieu, leur crime !
Les pères sont flétris ! Et puis tous ces bâtards,
    Sont-ils pas communards ?
Ciel ! les pauvres mortels que ceux de cette terre !
    Plus de paix, non, la guerre !
Le père, aussi le fils, employant les gros mots,
    Sans pudeur, sont bien sots ! —

— Félix Pyat se disait « Père de la Commune »
    Et promettait fortune
A tous les gros niais, à tous les déclassés,
    Par lui fanatisés.
Les cœurs à l'unisson, écrivait-il sans honte,
    Car il faut qu'on se compte !

Mais cet ignoble drôle eut ses adorateurs,
    O sinistres blagueurs !
Notre Paris en deuil et la France appauvrie,
    C'est leur haine assouvie !...

Un de ces jours verra (serons-nous morts, alors?)
    Revenir du dehors
Ce scélérat, ce fou, ce gueux, ce saltimbanque,
    Propre à mener la bande
De tous les gens envieux, féroces, mécontents,
    Qui nous mettront dedans....
Il viendra pour grossir les rangs des sales brutes,
    Puis égayer les huttes,
Où le complot se trame, à cette heure, aujourd'hui,
    Et d'où la paix s'enfuit !

Certainement, bientôt, il aura la victoire....
    Sa noirceur est notoire ;
Pour revenir, amis, il reviendra, c'est sûr !
    Celui-là fut un pur !...
C'est un sot, un coquin, un bandit, un vrai lâche ;
    Mais en prenant de l'âge,
Il perd en renommée... A quoi serait-il bon,
    Sans esprit, ni raison,

Autre chose, ici-bas, qu'à barboter dans l'encre,
    Tout en soignant son ventre?

— Malheur à vous, à moi ; malheur à notre temps,
    Qui massacre les gens !...
Le Ciel nous châtira, ce ne sont point des fables :
    Oh ! tremblez, grands coupables !
Leur république, amis, est un fléau des dieux,
    Horrible et déjà vieux !
Cruelle punition de la France oublieuse,
    Et sceptique, et rieuse !
Pauvre démocratie ! Elle est un châtiment,
    Infernal et navrant !

Pour nous tirer de là, grand Dieu, prête ton aide !
    Donne-nous le remède !
Ils sont là des milliers, pour qui Dieu, c'est l'alcool,
    Et que même saint Paul
N'aurait point convertis.... Éreintés par le vice,
    Ils ne rêvent que lice
Où l'on pend les humains, — pour mieux les dépouiller !
    Je les entends grouiller....
L'avenir appartient au pétrole, à l'impie,
    Aux détracteurs de Pie !

Moi, je voudrais le prince, et puis l'ancienne paix,
    (On en rit, laissons-les !)
Capables de refaire et sauver notre France :
    Pauvre chère espérance !
Oh ! Seigneur, rendez-lui son ancienne splendeur,
    Et toute sa grandeur !
Faites-nous assez forts, assez bons, assez braves
    Pour triompher des baves,
Secouer notre torpeur, sortir du grand sommeil,
    Précurseur du réveil !.....

Mon pauvre cœur est gros... Apparais, ô Justice !
    Toi, Ciel, sois-nous propice !
Ç'est la tour de Babel : on ne se comprend plus !
    Le vent est aux Mottus !!!
Ce pays sera tué par votre République.....
    Bref, la chose publique
Réclame un prince ardent, plein de vigueur, de foi ;
    Dónc, amis, — PLACE AU ROI ! —

4

TABLE

PARIS. — IMP. VICTOR GOUPY, RUE GARANCIÈRE, 5.

www.ingramcontent.com/pod-product-compliance
Ingram Content Group UK Ltd.
Pitfield, Milton Keynes, MK11 3LW, UK
UKHW020127080726
13614UKWH00005B/2085